AF329723

AMBROISE,

OU

VOILA MA JOURNÉE,

COMÉDIE

EN UN ACTE ET EN PROSE,

MÊLÉE D'ARRIETTES;

Par M. MONVEL.

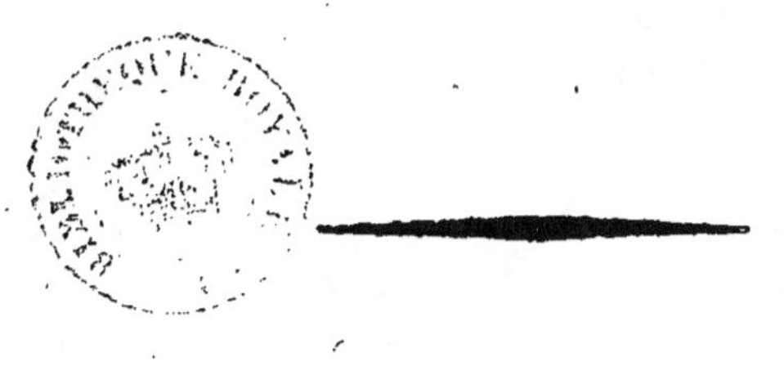

A PARIS,

Chez Barba, Libraire, palais du Tribunat, galerie derrière le théâtre Français, n°. 51.

AN XII. (1804.)

PERSONNAGES.   ACTEURS.

Mad. DE VARONNE, irlandaise, reti-
rée en France, à la suite du roi Jacques. Mme *Crétu.*
AMBROISE, autrefois domestique de
madame de Varonne.   M. *Solier.*
UN MÉDECIN.   M. *Granger.*
FRANÇOIS, maître Chaudronnier.   M. *Chénard.*
SUZANNE, jeune fille qui sert madame
da Varonne.   Mme *Saint-Aubin*
UN PARTICULIER.   M. *Fay.*
QUATRE RECORS.
M. SIMON.
Des Domestiques.

La scène est à Saint-Germain-en-Laye.

AMBROISE,

OU

VOILA MA JOURNÉE.

Le théâtre réprésente l'arrière-boutique d'un chaudronnier fort pauvre. On voit dans le fond la boutique qui donne sur la rue. François est occupé à quelque ouvrage relatifs à son état ; on le voit dans la boutique ; madame de Varonne et Suzanne sont dans l'arrière-boutique ; la première travaille à du filet, Suzanne file au rouet.

SCENE PREMIÈRE.

Mad. de VARONNE, SUZANNE et FRANÇOIS,
chantent en travaillant.

FRANÇOIS.

Eh non, non, non... non, ce n'est pas merveille,
 Si grand bruit qui frappe l'oreille,
  Ne fait qu'étourdir le timpan,
   Pan, pan, pan.

Eh oui, oui, oui, femme parlant sans cesse
 De sa vertu par trop tigresse,
  Ne vous frappe que le timpan,
   Pan, pan, pan.

Eh non, non, non, vanter ses coups de lance,
 Ce n'est point prouver sa vaillance,
  Ce n'est que briser le timpan,
   Pan, pan, pan.

SUZANNE, *chante.*

Ah ! ta fierté,

Ta cruauté,

Trop chère Hélène,

Belle inhumaine,

Me fait languir,

Me fait périr ;

Disait Colin, depuis dix ans,

Mourant toujours de ses tourmens.

A la langueur,

A la douleur,

Livré sans cesse,

Quelle détresse !

Pour en finir,

Il faut mourir ;

C'est le plus sûr : mais le moyen ?

Colin se porte toujours bien,

Mad. DE VARONNE, *chante en travaillant de son côté.*

Souvenir des beaux jours passés,

A notre esprit tout vous ramène ;

Mais vos délices retracés

Ne font qu'irriter notre peine...

Souvenir des beaux jours passés,

Vous n'êtes plus qu'une ombre vaine.

(*François s'approchant de madame de Varonne.*)

FRANÇOIS.

Eh dieu me pardonne ! je ne m'appercevais pas que vous étiez déjà descendue, madame ! eh bien ? comment va cette santé aujourd'hui ? la nuit a-t-elle été bonne ?

Mad. DE VARONNE,

Hélas ! M. François, le sommeil fuit les malheureux... Il y a long-tems que je passe les nuits à déplorer les chagrins de la veille, et à me préparer aux peines du lendemain.

FRANÇOIS.

Allons, allons, du courage... imitez-moi... je ne suis pas riche, vous le savez... je travaille comme un forçat, et je n'en suis pas plus avancé ; ce que je gagne à droite, on me

le vole à gauche... J'ai une femme et des petits enfans, il
faut nourrir tout cela... et le plus souvent il n'y a pas de
pain à la maison... en suis-je plus triste ?... non en vérité...
le chagrin ne remédierait à rien , il me couperait bras et
jambes... Je vas toujours , en me disant : je suis mal aujourd'hui, eh bien , je serai mieux demain.

Mad. DE VARONNE.

Si je n'avais que mes peines !... Ambroise va-t-il bientôt
revenir , M. François?...

FRANÇOIS.

Je l'ai envoyé en commission... il ne peut pas tarder.... Il
est aller porter chez une de mes pratiques un des plus jolis
petits chaudrons qui soient jamais sortis de ma boutique ...
c'est que ça vous a une grâce...... une élégance.....
Si j'étais connu , madame de Varonne, si je pouvais percer,
je suis sûr , voyez-vous , qu'il n'y a pas de citoyen qui ne se
fournît chez moi...... Gardez la boutique un moment,
entendez-vous ? il faut que je sorte , mais je ne serai pas
long-tems dehors... Quand Ambroise n'est pas ici , il faut
que je fasse mes commissions moi-même... Lui et moi nous
sommes toute la maison... car ma femme.... c'est une
princesse... ça tricotte, ça babille, et ça me donne plus d'hé-
ritiers que je n'en veux... mais l'intelligence du commerce ,
mais l'esprit de détail, mais de grandes idées... Il n'y a rien...
Heureusement j'ai de la tête.

Mad. DE VARONNE.

Reviendra-t-elle aujourd'hui ?

FRANÇOIS.

Oh non... songez qu'il y a six lieues... et avant qu'elle ait
caressé son enfant, grondé la nourrice, rendu visite à M. le
Curé, dîné chez Jacqueline, soupé chez Margot, et fait la cau-
sette avec tout le village, il lui faut bien au moins deux jours...
je m'en vas, en l'attendant, voir chez un de mes débiteurs, s'il
est de l'avis de me donner un petit à-compte ; car il y a quatre
repas à faire dans la journée, et je ne possède pas quatre obo-
les... quand Ambroise reviendra , s'il est de bonne humeur,
ce qui ne lui arrive pas souvent, vous lui direz, s'il vous plaît,

Suzanne, que je viendrai le reprendre pour l'enmener dé-
joûner avec moi... il relève de maladie, deux ou trois
petits verres de vin... quand je dis du vin, cela dépend de
l'argent que j'ai à recevoir; car si l'on me remet à demain,
nous boirons de l'eau aujourd'hui... Au revoir ma voisine.

Mad. DEVARONNE.

Bon jour, M. François.

SCENE II.

Mad. DEVARONNE, SUZANNE.

SUZANNE.

Il est drôle ce M. François... Si Ambroise était aussi gai
que lui, il ne lui manquerait rien à ce garçon-là.

Mad. DEVARONNE.

Il souffre de mes peines et de ses propres chagrins, ce n'est
pas trop le moyen de se livrer à beaucoup de gaîté...

SUZANNE.

Oh non! c'est tout naturellement qu'il a de l'humeur, et
qu'il se fâche de tout... je crois qu'en venant au monde, il
s'est promis de ne jamais rire, et assurément il s'est bien
tenu parole.

Mad. DEVARONNE.

Son caractère te déplaît donc bien, Suzanne.

SUZANNE.

A moi? au contraire, je l'aime à la folie... il gronde toujours, en vingt-quatre heures il se met dix fois en colère, il
me tarabuste tant que quelquefois je ne sais où me fourer...
mais il a un si bon cœur, il sait si bien aimer au milieu de
ses brusqueries, il a des retours si aimables, qu'on ne peut
jamais lui en vouloir.

Mad. DEVARONNE.

Oh! que tu me plais de lui rendre si bien justice! Ambroise!...... non, je ne connais pas, je n'ai jamais connu
d'homme qui, pour les qualités du cœur, méritât de lui
être comparé. Te rappelles-tu, Suzanne, l'instant où il fut
décidé que le gouvernement me retirait la pension qu'il

avait accordé à M. de Varonne en récompense de ses services?

SUZANNE.

Pardi, si je me le rappelle... nous avons tous assez pleurer pour m'en ressouvenir.

Mad: DE VARONNE.

Vois-tu encore cet Ambroise si brusque, si chagrin, cet Ambroise qui depuis son enfance, éleveé chez mon père, n'avait jamais sourri, dont le visage peignait toujours le mécontentement et l'humeur, se jeter à mes pieds, prendre mes mains, les baigner de ses larmes et me dire en sanglottant... votre mari est mort, ma bonne maîtresse, le gouvernement vous retire la pension qu'il lui faisait. La nécessité vous contraint à renvoyer tous vos gens, puisqu'il ne vous reste rien pour vous-même, mais moi je m'attache à vous, je ne vous quitte pas ; j'ai des bras, je travaillerai, vous m'avez nourri, je vous nourrirai. J'ai bien souvent mésusé de votre bonté, de votre patience ; pardonnez-moi les fautes que mon maudit caractère m'a fait commettre envers vous... Je vais tout réparer, je ne demande au ciel des jours que pour cela.

SUZANNE.

Et il vivrait cent ans qu'il ne changerait pas de conduite... et comme il était content, lorsque vous voulûtes bien accepter ces trente louis, son unique richesse, le fruit de son économie... Je vois encore le petit vilain sac de cuir dans lequel il vous les apporta.

Mad. DE VARONNE.

Et sa joie tous les soirs quand il vient déposer en mes mains les vingt sols que lui donne François pour prix de son travail, avec quelle satisfaction il me dit : *Voilà ma Journée ?*

SUZANNE.

C'est la perle des hommes... si jamais il se marie, il grondera souvent sa femme... oh ! c'est sûr... eh bien ! je ne serais pas fâchée qu'il m'en donnât la préférence.

Mad. DE VARONNE.

En vérité ?

SUZANNE.

Et pourquoi pas ? c'est un honnête garçon, je suis une honnête fille ; je n'ai rien, il n'a rien, nous n'aurions pas de reproche à nous faire ; et partant, vous voyez que nous nous convenons à merveille.

Mad. DE VARONNE.

Quel aurait donc été ton chagrin s'il avait succombé sous la maladie qu'il vient d'avoir, et qui a pensé nous l'enlever ?

SUZANNE.

Tenez, je vous le dit, il aurait fallu m'enterrer avec lui.

Mad. DE VARONNE.

Mais c'est de l'amour cela, et t'aime-t-il lui ?

SUZANNE.

Ecoutez donc, je crois qu'il ne me hait pas.

CHANSON.

Sans être belle, on est aimable,
On a certain air agréable,
Des façons, de l'aisance, un tour
Propre à donner de l'amour.   (*bis.*)
Ambroise a des yeux, je l'espère,
Mes désirs, je crois, sont les siens.
Si je l'aime, j'ai su lui plaire :
Oh ! je le tiens, oh ! je le tiens. } (*bis.*)

Si sa voix a de la rudesse,
Dans son regard est la tendresse,
Il me boude par-ci, par-là,
Mais je me dis, il reviendra :   (*bis.*)
Un petit coup-d'œil le ramène,
Et ses pas vont suivant les miens :
Où que j'aille il faut qu'il vienne.
Oh ! je le tiens, oh ! je le tiens. } (*bis.*)

Il n'a pas beaucoup d'éloquence,
Il aime un peu dans le silence,
Doux propos ce n'est pas son fait ;
Mais son œil me dit ce qu'il tait.   (*bis.*)

A se cacher bien qu'il s'obstine,
Il ne peut me tromper sur rien;
Sans qu'il parle je le devine.
Oh! je le tiens , oh! je le tiens. } *(bis.)*

Mad. DE VARONNE.

Ah! ma pauvre Suzanne, je ne serai jamais assez heureuse pour récompenser ton bon cœur et le sien... Oh! le voilà!

SCENE III.

LES PRÉCÉDENS, AMBROISE.

Mad. DE VARONNE.

Bon jour, Ambroise.

AMBROISE.

Votre serviteur.

SUZANNE.

Soyez le bien venu , Ambroise.

AMBROISE.

Bon jour.

Mad. DE VARONNE.

Comment vous portez-vous aujourd'hui?

AMBROISE.

Ma foi je n'en sais rien... ni bien ni mal... Mais moi ce n'est rien, il s'agit de vous. Comment avez-vous passé la nuit?

Mad. DE VARONNE.

J'ai peu dormi, mais mon insomnie n'a rien eu de pénible... Je pensais avec satisfaction à tout ce que je vous dois, Ambroise.

AMBROISE.

Eh! pour dieu, laissons cela!..Je vous ai prié mille fois de ne m'en jamais parler.

SUZANNE.

Vous avez bien chaud , mon ami , je parie que vous avez couru?

AMBROISE.

Vous verrez que c'est en se promenant que l'on fait ses affaires.

Ambroise.   B

SUZANNE.

Comme il est gentil, comme il répond doucement à ce qu'on lui dit par intérêt pour lui.

AMBROISE.

Ah ! je réponds comme je peux... Je ne sais pas faire de belles phrases moi... Où est François ?

Mad. DE VARONNE.

Il est sorti pour affaire ; il reviendra vous prendre, vous devez aller déjeûner ensemble.

AMBROISE.

Déjeûner, déjeûner... je ne suis guères en train de ça.

Mad. DEVARONNE.

Vous paraissez avoir de l'humeur.

SUZANNE.

Bah ! de l'humeur ! c'est bien lui qui en prend jamais..... Il est gai, beaucoup plus gai que de coutume... Voyez cette physionomie riante.

AMBROISE.

Je ne vous réponds pas... vous êtes un enfant... oui, j'ai de l'humeur, je viens de faire une rencontre qui m'en a donné et qui m'a ôté l'appétit, quoique depuis ma maladie ce ne soit sûrement pas ça qui me manque.

Mad. DE VARONNE.

Et quelle rencontre ?...

AMBROISE.

Un fripon... un diable, un créancier, cet enragé de Simon que le ciel confonde, à qui madame doit cent pistoles et qui ne veut plus attendre... Il dit qu'il a obtenu sentence... et je lui ai dit que s'il la mettait à exécution, je le mettrais, moi, hors d'état d'exiger jamais de quelqu'un un billet de mille francs pour cent malheureux écus que le coquin encore prête de mauvaise grace.

Mad. DE VARONNE.

Ah ! mon dieu, mon cher Ambroise, si ce méchant homme-là me faisait arrêter.

AMBROISE.

Il n'oserait.... je lui ai parlé d'un ton.... ah ! qu'il s'y joue...

Mad. DE VARONNE.

Vous l'aurez peut-être irrité....

AMBROISE.

Non, non, je ne lui ai dit que des injures... et ces gens-là ne se fâche pas pour des mots.

Mad. DE VARONNE.

Hélas ! je suis sans ressource... tous mes effets ont disparu les uns après les autres... Je n'existe que par vos bontés, Ambroise.

AMBROISÉ.

Oui , voilà des bontés bien méritantes... Je fais de belles choses... pas vrai ? il y a là de quoi se récrier ! quand vous étiez riche et que vous n'épargniez rien pour moi, que monsieur me donnait d'un côté , que de l'autre main je recevais de vous, que j'étais vêtu, dame fallait voir, bon dîner, bon souper, et toujours de l'argent dans ma poche ; je vous ai laissé faire , sans jamais vous en dire un mot : il vous paraissait tout simple d'être bienfaisante, et moi je trouvais tout naturel de ne pas vous gêner... ayez la bonté de faire comme moi, sinon je croirai que vous avez plus d'orgueil que moi , que vous êtes vaniteuse , humiliée de ce que je fais mon devoir ; et la vanité , l'orgueil sont des défauts , et je ne vous en ai jamais connus.

Mad. DE VARONNE.

Allons , allons... il ne faut pas me gronder... si je parle quelquefois à Ambroise de ce que je lui dois , ce n'est pas pour le chagriner , c'est pour soulager mon cœur trop plein de sa reconnaissance.

AMBROISE.

Encore un mot qui me déplaît... je m'en vais travailler , continuez sur le même ton , si cela vous fait plaisir : le bruit du marteau m'empêchera de vous entendre.

Mad. DE VARONNE.

Je ne veux pas que vous travailliez... le Médecin vous a défendu de vous excéder de fatigue , vous venez de courir , vos forces sont à peine rétablies ; je ne veux pas que vous vous remettiez à l'ouvrage avant le retour de François... j'ai aussi

ma volonté, moi... je monte dans ma chambre... attendez
François, et allez déjeûner avec lui ! adieu, mon ami.

Elle sort.)

AMBROISE.

Qui est-ce qui ne se mettrait pas en quatre pour une
femme comme ça !...ce coquin de Simon... oh ! il ne s'en avi-
sera pas... il sait bien que si elle ne paie pas, c'est qu'elle
n'en a pas le moyen, ni moi non plus... et moi qui étais si
content... Vous ne savez pas qui j'ai rencontré, Suzanne ?

SUZANNE.

Non.

AMBROISE.

Dumont à qui j'avais prêté cet argent que vous savez bien..
il n'a pas pu me rendre le tout, mais il m'a donné un à-
compte ; et tout de suite j'ai été acheter cela...

SUZANNE.

Un couvert d'argent ?

AMBROISE.

Oui ; pour madame de Varonne... cette femme-là... est-ce
que c'est accoutumé à manger dans de l'étain ? vous le met-
trez sur la table à dîner, Suzanne, entendez-vous ?

SUZANNE.

C'est charmant une surprise comme ça.

AMBROISE.

Oui... voilà quelque chose de bien charmant ! cependant si
l'emplette n'avait pas été faite, quand j'ai trouvé Simon, je lui
aurais à mon tour donné cet argent-là à-compte ; peut-être que
cela l'aurait calmé pour quelque tems... quand un loup a la
gueule pleine, il ne peut pas mordre, au moins jusqu'à ce
qu'il ait avalé.

SUZANNE.

Ce bon Ambroise !... mon dieu, malgré votre brusquerie,
que vous êtes un aimable garçon !...

AMBROISE.

Brusque, oui ; mais aimable, pas trop.

SUZANNE.

Oh que si... je m'en apperçois bien, moi, quoique je
ne m'y connaisse pas... approchez-vous donc, Ambroise....

là , prenez l'escabeau... à côté de moi... bien près.... là ...
c'est bien.

AMBROISE.

Oh mais oui... on n'est pas mal comme ça : vous parliez
d'aimable... c'est vous, Suzanne, qui êtes bien gentille...

SUZANNE.

Vous me grondez cependant tout les jours...

AMBROISE.

Il faut que je gronde , c'est une affaire d'habitude... mais
il faut que j'aime, c'est un besoin.

SUZANNE.

Vous devriez bien aussi avoir quelquefois besoin de le
dire...

AMBROISE.

Oh non, je n'en parle guères ; je sens, mais quand je veux
dire , la parole me manque

SUZANNE.

C'est qu'on a tant de plaisir à entendre celui qu'on pré-
fère à tout, nous dire ce petit mot si joli , si facile à pronon-
cer , je t'aime... Voyous un peut comment vous le dites....

AMBROISE.

Commencez, vous Suzanne , pour me donner le ton.

SUZANNE.

Méchant! je vous l'ai répéter tant de fois... mais c'est égal,
je t'aime.

AMBROISE

Moi de même.

SUZANNE.

Non, non... le mot... le mot...

AMBROISE.

Oh oui, je t'aime, ma bonne Suzanne, parce que tu es bien
sage , bien laborieuse, bien jolie, et que tu aimes madame
de Varonne... Voilà-t-il qui est parler ça ? et ce n'est pas un
compliment, j'espère , quoique ce soit bien poli.

SUZANNE.

ROMANCE.

··Je ne suis , hélas! que Suzanne,
Bien simple et pauvre paysanne ;

Mais mon état a sa douceur,
Il m'assure Ambroise et son cœur.
Que m'importe à moi la richesse?
Que ferais-je de la noblesse?
Que manque-t il à mon bonheur?
Je possède Ambroise et son cœur.

Avec toi dans une cabane
Si contente serait Suzanne!
Quel état n'a pas sa douceur
Auprès d'Ambroise avec son cœur?
Un roi lui-même et sa couronne,
Et tout l'éclat qui l'environne,
Ne feraient pas pour mon bonheur
Ce que font Ambroise et son cœur.

A M B R O I S E.

Eh bien ! je me donnerais au diable que jamais je ne trouverais de jolies choses comme ça. Ces femmes, ça vous a tout naturellement de l'esprit... et en amour sur-tout : oh ! c'est un charme... moi, je ne sais que répéter tout bonnement ce que je ne connais qu'une manière de dire, c'est j'aime, je vous aime, je t'aime... et quand j'ai dit ça, j'ai tout dit. Il faut que vous vous en contentiez.

S U Z A N N E.

Oh ! je suis toujours contente moi... excepté quand vous me grondez, M. Ambroise ; et cependant alors, ce n'est pas contre vous que je suis fâchée, c'est à moi que j'en veux... mais voilà quatre ans que nous nous aimons... Et l'amour, à ce qu'on dit, entre honnêtes gens comme nous, finit toujours par le mariage.

A M B R O I S E.

Par le mariage sans contredit, j'en aurais bien envie moi, du mariage, mais à présent ça ne se peut pas...

S U Z A N N E.

Comment? ça ne se peut pas? je suis fille et vous garçon ; je n'ai point de parens, vous êtes votre maître,... nous sommes libres tous deux.

AMBROISE.

Je m'en vais vous prouver le contraire... le peu que je gagne , le produit de votre travail et des petits ouvrages de
madame de Varonne , tout cela réuni suffit à peine à notre
subsistance... nous faisons souvent bien mauvaises chère , il
faut en convenir... et nous ne sommes que trois... si nous
nous marions, Suzanne , il arriverait l'un après l'autre de
petits gaillards de bon appétit qui nous diraient , j'en veux
ma part..... et que deviendrait madame de Varonne ? elle pâ-
tirait , nous en serions cause , et la peine pour nous passerait
le plaisir...

SUZANNE.

C'est juste , je n'avais pas pensé à ces petits gaillards-là...
ch bien ! ne nous marions pas... mais aimons-nous toujours...

AMBROISE.

C'est bien aisé cela...

SUZANNE.

Peut-être un jour serons nous riches.

AMBROISE.

C'est un peu plus difficile.

SUZANNE.

Et alors nous nous marirons.

AMBROISE.

Voilà qui est dit , et arrive après cela garçon et fille, fille
et garçon , on dira soyez les biens venus ; et qu'on mette un
couvert de plus... Mais voilà monsieur le Docteur..... Ah !
ah ! un monsieur avec lui... C'est peut-être une pratique
qu'il nous amène... tant mieux.

SCENE IV.

LE MÉDECIN, SUZANNE, AMBROISE.
LE PARTICULIER.

AMBROISE.

Bon jour, monsieur le Docteur.

LE MÉDECIN.

Eh bien ! comment cela va-t-il , mon cher Ambroise ?
(à part au Particulier.) C'est l'homme dont je vous ai
parlé.

AMBROISE.

Mais je ne me porte pas trop mal aujourd'hui... Suzanne, madame est seule, allez voir si elle n'a besoin de rien.

LE MÉDECIN.

Vous lui direz que je suis ici, Suzanne.

SUZANNE.

Je n'y manquerai pas ... avec un beau monsieur encore. (*à Ambroise.*) Il est bien gentil ce monsieur-là, il a quelque chose de madame de Varonne, pas vrai ?

AMBROISE.

Montez là-haut, et ne vous embarrassez pas de ce qui se passe ici.

LE PARTICULIER, *au médecin.*

Ne me nommez pas sur-tout.

LE MÉDECIN.

Ne craignez rien ... il faut cependant bien qu'elle finisse par vous connaître, par savoir que vous êtes son parent.

LE PARTICULIER.

Elle a tant de raisons pour me haïr.

LE MÉDECIN.

Aucune ; êtes-vous responsable des torts de votre père ?

SUZANNE, *qui, pendant cet à part du médecin, a eu l'air de se disputer avec Ambroise.*

Ah ! le vilain jaloux ! mais tant-mieux, cela prouve que vous m'aimez, et c'est tout ce que je demande. (*elle rentre chez madame de Varonne.*)

LE MÉDECIN.

Eh bien ! les forces ?

AMBROISE.

Elles commencent à revenir... un peu doucement à la vérité... mais enfin il y a du mieux... l'estomach seul... de tems en tems il me prend comme des défaillances...

LE MÉDECIN.

Peut-être aussi que votre nourriture...

AMBROISE.

Ah dam ! on vit de ce qu'on a...

LE MÉDECIN.

Et madame de Varonne elle-même... je ne la crois point à son aise.

AMBROISE, *à part au Médecin.*

Qu'est-ce que ce monsieur-là ?

LE MÉDECIN.

C'est un de mes amis.

AMBROISE, *de même.*

Ne parlez pas de madame de Varonne devant lui.

LE MÉDECIN.

Pourquoi ? c'est un de mes amis, vous dis-je, un honnête homme, et qui peut lui être utile... *(haut au Particulier.)* N'est-ce pas, mon ami, que s'il dépendait de vous de servir madame de Varonne ?...

LE PARTICULIER.

Je n'ai pas l'honneur de la connaître ; mais je m'en ferais un devoir et le plus grand plaisir.

AMBROISE.

Eh ! monsieur, dans le temps qu'elle était heureuse, tout le monde lui parlait comme ça.

LE MÉDECIN.

C'est une femme bien estimable.

AMBROISE.

A qui le dites-vous ?

LE MÉDECIN.

Elle a tout perdu à la mort de son mari ?

AMBROISE.

C'était un bon militaire, qui avait bien servi sa patrie ; qui était couvert de blessures, et qui, après trente-cinq ans de services, ne subsistait ainsi que sa famille que de la pension que lui faisait le gouvernement. Le pauvre homme est tombé malade, et la pension s'est en allée dans l'autre monde avec lui.

LE MÉDECIN.

Mais madame de Varonne doit avoir fait auprès des tribunaux des démarches.

LE PARTICULIER, *timidement.*

Est-ce qu'elle n'avait pas de parens ?

AMBROISE.

Si fait... je l'ai entendu parler d'un frère...

Ambroise.   C

LE PARTICULIER.

Ah ! elle a un frère...

AMBROISE.

Non, elle ne l'a plus... attendu qu'il est mort... et il n'y a pas grand mal... c'était bien le plus mauvais sujet...

(*Le Particulier donne un coup de coude au Docteur, et se détourne en rougissant.*)

LE MÉDECIN.

Vous interrogez, on répond.

AMBROISE.

Est-ce que monsieur l'aurait connu par hasard, ce méchand frère, ce riche avare, cette ame dure ?...

LE PARTICULIER, *embarrassé.*

Si je l'ai connu... moi, M. Ambroise?... je vous proteste...

LE MÉDECIN, *haut.*

Non, non, non... (*à part.*) Remettez-vous donc.

AMBROISE.

Il était au-delà des mers, madame de Varonne lui a écrit dix lettres, toutes plus touchantes les unes que les autres ; elle y peignait sa situation, son adversité, ses douleurs.... point de réponse, pas un mot... et nous étions sûrs que nos lettres lui parvenaient ; et ce mauvais parent regorgeait de richesses ! le ciel l'en a puni. Une bonne maladie... il ne vivait que pour son or... et je suis sûr qu'il est mort désespéré de ne pouvoir pas l'emporter avec lui.

LE PARTICULIER, *bas au Docteur.*

Quelle leçon pour moi ! . . . . (*haut.*) Dans le temps de la fortune de madame de Varonne, vous étiez à son service...

AMBROISE.

Et j'étais bien heureux... Il a fallu qu'elle nous donnât notre congé à tous... par bonheur je savais un métier...

LE MÉDECIN.

Vous l'avez repris et vous travaillez...

AMBROISE.

Jour et nuit.

LE MÉDECIN.

Moins pour **vous**, à ce qu'on dit, que pour madame de Varonne ?

AMBROISE.

Est-ce que je vis de l'air du temps, monsieur?... Est-ce
que cette femme-là consentirait jamais à être à ma charge?
je travaille pour moi, entendez-vous. On dit... on dit... ah!
pardi oui, je serais bien venu seulement de lui proposer...
et quand même j'en aurais la volonté... Je gagne si peu,
qu'à peine y en a-t-il suffisamment pour moi seul...

LE PARTICULIER et LE MÉDECIN.

C'est à merveille, M. Ambroise....

AMBROISE.

Nombre de soi-disant bienfaiteurs devraient venir prendre
de vos leçons...

AMBROISE.

Je ne donne de leçons à parsonne, monsieur, j'en ai besoin moi-même;... mais à quel propos me faites-vous jaser
comme cela?

LE MÉDECIN.

Vous le saurez... mais vous êtes un bien honnête homme,
et je m'applaudis plus que jamais de vous avoir sauvé la
vie.

AMBROISE.

Ecoutez donc... pour ma part, je ne suis pas fâché du
tout que vous m'ayez rendu ce petit service-là.

LE PARTICULIER.

Adieu, M. Ambroise... (*au Docteur.*) Mon ami, je suis
satisfait, je n'ai pas un moment à perdre, je vais tout préparer. Vous viendrez me rejoindre... et vous serez content
de moi... Touchez-là, Ambroise, nous nous reverrons...
J'avais besoin d'un ami... touchez-là. (*il sort.*)

AMBROISE.

Qu'est-ce qu'il dit donc là?... un ami... Ah! il faut pour
cela que nous fassions un peu plus ample connaissance; je
ne donne pas mon amitié comme ça... Mais voilà madame
de Varonne.

SCENE V.

LE MÉDECIN, Mad. DE VARONNE, AMBROISE.

Mad. DE VARONNE.

Ah ! monsieur, c'est vous ! que je vous ai d'obligations ! Eh bien, comment trouvez-vous Ambroise !

LE MÉDECIN.

Mais bien, aussi bien, madame, que sa situation le permet, et j'en suis enchanté... C'est un honnête... un brave homme... Il mérite de vivre.

Mad. DE VARONNE.

Eh ! qui le sait mieux que moi, monsieur ? qui plus que moi doit s'intéresser à son existence !

AMBROISE, *cherchant à interrompre madame de Varonne.*

Vous m'aviez promis, M. le Docteur, que vous vous emploieriez auprès de vos connaissances pour qu'elles se fournissent chez nous des petits ustensiles qui sortent de notre fabrique ?

LE MÉDECIN.

Je ne vous ai point oublié, mon ami.

Mad. DE VARONNE, *au Médecin.*

Imaginez, monsieur, que chaque jour Ambroise...

AMBROISE.

Vous ne m'avez point oublié ?... et vous n'en avez seulement pas parlé à ce monsieur qui sort d'ici... C'est que c'est le plus honnête homme que mon bourgeois ! pauvre, nouvellement marié, déjà deux petits enfans ; et dans Saint-Germain le commerce va si doucement.

Mad. DE VARONNE

Je me tairai, Ambroise, puisque vous ne voulez pas que je parle.

AMBROISE.

Eh ! mon dieu, ce n'est pas pour manquer de respect... mais madame m'a promis...

Mad. DE VARONNE.

Je ne dirai plus rien.

SCENE VI.

LES PRÉCÉDENS, FRANÇOIS.

FRANÇOIS.

Ah ! voilà tout notre monde ensemble. Bon jour, monsieur
le Docteur.

LE MÉDECIN.

Je vous salue, M. François, vous me paraissez d'une
humeur charmante, ce matin, et la gaieté tient à l'heureux
état de votre santé.

FRANÇOIS.

Eh mon dieu ! que dites-vous là, monsieur le Docteur...
tel que vous me voyez, je suis malade, très-malade, dans
un état de dépérissement qui fait pitié, je ne sais pas comment j'y résiste ,.... et si vous n'y mettez ordre, je ne sais
pas trop ce qu'il en pourra résulter.

LE MÉDECIN.

Vraiment vous m'allarmez ! et vîte, et vîte, donnez-moi
les détails de votre maladie ,... je compte assez sur mon art,
pour oser me flatter que vos maux ne lui résisteront pas.....

FRANÇOIS.

CHANSON.

A mon état soyez sensible !
Guérissez-moi de mon tourment :
Je dors d'un sommeil si paisible ,
Qu'en honneur il est effrayant.
Toujours quelque rêve agréable ,
De moi fait un homme important. }*(bis.)*
J'ai bon vin, bon feu, bonne table, }*(bis.)*
Et le bien me vient en dormant.

Oui, c'est ainsi que je sommeille ,
Et mon état est allarmant ;
C'est bien pis quand je me réveille ,
Pris d'un appétit dévorant.
Vainement je veux le combattre , }*(bis.)*
Il faut céder en enrageant.

Hélas ! je mange comme quatre , }(*bis.*)
Et la s oif est à l'avenant.

Par quatre fois dans la journée
 Arrive cet accès fatal ;
Vous qui plaignez ma destinée ,
Offrez un remède à mon mal.
Ce mal que rien ne diminue , }(*bis.*)
 Agit, monsieur, sur tous mes sens...
Pour peu que cela continue , }(*bis.*)
Il faudra vivre au moins cent ans.

LE MÉDECIN.

Il est certain , mon cher François que votre position est
critique... Vous dormez bien, vous buvez de même, et vous
faites, avec grand appétit , vos quatre repas par jour... cela
est triste; mais remettez-vous seulement deux mois entre mes
mains et je vous guérirai de tout cela.

FRANÇOIS.

Je n'y manquerai pas ; mais, en attendant que nous com-
mencions la cure, viens, Ambroise, nous allons déjeûner...
il peut m'aider à boire une bouteille de vin , n'est-ce pas ,
monsieur le Docteur, cela ne nuira pas à sa santé ?

LE MÉDECIN.

Au contraire... je le lui ordonne qui plus est.

FRANÇOIS, *bas à Ambroise.*

As-tu de l'argent , pays ?

AMBROISE.

Je ne possède pas un denier.

FRANÇOIS, *bas à Ambroise.*

C'est que ma femme m'a laissé sans le sou : prie madame
de Varonne de te prêter quelque chose , je te le rendrai au
retour de ma femme : je n'aime pas à demander crédit... au
cabaret sur-tout... je suis fier, moi...

LE MÉDECIN, *qui a parlé bas à madame de Varonne.*

Je le sais de bonne part, vous dis-je, votre position dou-
loureuse ne m'est que trop connue; mais, pardon de ma cu-
riosité... vous vous taisez et je respecte votre silence. ... je
vous quitte... adieu, madame... peut-être vous reverrai-je

bientôt... Oh! oui, bientôt... je l'espère du moins... et je m'en
fais un vrai plaisir... vous avez plus d'amis que vous ne
croyez...Adieu...de la prudence, Ambroise, et comptez toujours sur moi.

SCENE VII.

FRANÇOIS, AMBROISE, Mad. DE VARONNE.

FRANÇOIS.

Je l'aime moi, ce docteur, il a l'air tout à fait bonne personne... et il me paraît bien attaché à madame... (*bas à Ambroise.*) Fais ta demande pendant que je vais roder dans la
boutique...

AMBROISE, *bas.*

Je crains qu'elle n'ait pas d'argent.

FRANÇOIS.

Si fait, si fait, hier elle a payée ma femme, et il ne nous
faut qu'une bagatelle. (*Il s'éloigne, et paraît tourner, aller,
venir, et ranger dans la boutique.*)

AMBROISE, *à madame de Varonne, embarrassé.*

Ce bon docteur... il me conseille de boire du vin... il dit
que cela me ferait du bien... et je crois bien qu'effectivement..
mais il faut de l'argent pour cela...

Mad. DE VARONNE.

Quand on est aussi sobre que vous, Ambroise... il ne faut
pas être bien riche... pour se procurer...

AMBROISE.

A la bonne heure...mais encore...faut-il avoir...et dans ce
moment-ci... comme de coutume... Oh, si j'avais seulement
un peu de petite monnaie, je ne serais pas embarrassé.

Mad. DE VARONNE, *à part.*

Juste ciel !

AMBROISE.

Madame sait bien que cette année-ci le vin n'est pas cher...

Mad. DE VARONNE, *à part.*

Et je n'ai rien, rien.

AMBROISE.

François pour le moment se trouve sans argent, et comme
c'est lui qui régale le plus souvent...

Mad. DE VARONNE, *à part.*

Ah ! que je souffre..

AMBROISE.

Je voudrais, s'il était possible, à mon tour...

Mad. DE VARONNE, *s'efforçant de retenir ses larmes.*

Rien de plus juste... et ce n'est pas à vous à demander deux fois.

AMBROISE.

Eh mais ! je crois que vous pleurez, madame.

Mad DE VARONNE.

Moi, Ambroise... non certainement je ne pleure pas... je n'ai pas pour le moment sur moi... tout est là-haut... allez toujours avec François... déjeûnez... je vais appeler Suzanne, elle vous portera.

AMBROISE.

Mais pour peu que cela gênât madame.

Mad. DE VARONNE.

François s'impatiente ; allez le rejoindre... enmenez-le... Suzanne y sera aussitôt que vous.

AMBROISE, *à part.*

Cet embarras-là n'est pas naturel.

(Il s'éloigne lentement en regardant madame de Varonne qui gagne le chemin de son appartement, en essuyant ses yeux : Suzanne paraît à l'instant où elle ouvre la porte. Ambroise sort sans rien dire, mais en regardant madame de Varonne avec une sorte d'inquiétude. Il entre dans la boutique, parle bas à François. Celui-ci prend son chapeau et fait signe à Ambroise de ne le pas faire attendre. Ambroise à l'air de sortir avec lui, mais il rentre dans la boutique, se cache et écoute.)

SCENE VIII.

Mad. DE VARONNE, SUZANNE, AMBROISE,
caché dans la boutique.

Mad. DE VARONNE.

Ah ! ma pauvre Suzanne ! combien je viens de souffrir... Ce cher Ambroise, il a besoin de quelque monnaie... Le

Médecin assure qu'un peu de vin achéverait de lui rendre ses forces... François se trouve sans argent... et moi j'ai donné hier à sa femme , et pour les frais de la maladie d'Ambroise, tout le peu que je possédais.

SUZANNE.

Pardi, c'est bien malheureux, car il est certain que du bon vin, ça le fortifirait... moi d'abord je ne puis pas vous aider... vous le savez bien... serait bien fin qui pourrait me voler.

Mad. DE VARONNE , *elle détache deux petits anneaux d'or qui sont à ses oreilles.*

Prends ces anneaux , ils me sont inutiles , va vìte les vendre , et tu porteras à Ambroise...

SUZANNE.

Tout de suite, tout de suite , je lui demanderai combien il lui faut , et je vous rapporterai le reste... C'est bien de votre part ça, madame, car il avait des fonds tout-à-l'heure, ce bon Ambroise, et il s'en est défait pour vous acheter un beau couvert d'argent.

Mad. DE VARONNE.

A moi...

SUZANNE.

A qui donc ?... il se prive de tout pour nous ; si vous et moi nous n'étions pas à sa charge, avec ce qu'il gage il vivrait bien gentiment... nous lui coutons que ça fait trembler... Je m'en vais vendre les boucles d'oreilles... Je ne trouve pas mon tablier... où l'ai-je donc fourer ?

Mad. DE VARONNE , *à l'instant où Suzanne a dit :* « Il se prive de tout, si nous n'étions pas à sa charge, etc. » *Madame de Varonne s'est couvert le visage de ses deux mains , elle lève ensuite les yeux au ciel , soupire , et dit à Suzanne :*

Ne perdez pas un moment... je monte dans ma chambre... en sortant , fermez sur vous la porte de la boutique... ne dites pas à Ambroise comment vous avez eu l'argent... gardez-vous bien de lui en parler.   (*elle sort.*)

SUZANNE.

Eh ! n'ayez pas peur , il ferait un beau train... des anneaux

Ambroise.   D

d'or... on se passe bien de ces chiffons-là... mais la santé de mon pauvre Ambroise , c'est ça qui est précieux...

SCENE IX.

SUZANNE, AMBROISE.

SUZANNE , *elle jette un cri de surprise, appercevant Ambroise qui paraît subitement.*

Ah ! comment vous êtes-là ?

AMBROISE.

Allez bien vîte rendre à madame de Varonne les anneaux qu'elle vous a donnés à vendre , et dites-lui que je ne bois jamais de vin aussi cher.

SUZANNE.

Vous avez entendu ?

AMBROISE.

Oui , j'ai entendu que vous êtes une indiscrète , un mauvais cœur , une ame dure ; et je vous le dis parce que je le pense, et j'ajoute que si vous n'avez jamais d'autre mari que moi , vous courez grand risque de mourir fille.

SUZANNE

Comment je mourrai fille ?..... on ne plaisante pas comme ça , monsieur... si vous avez quelque reproche à me faire , voyons... expliquons-nous un peu , s'il vous plaît...

AMBROISE.

Oh ! tout est expliqué... Madame de Varonne est à ma charge... Madame de Varonne me coute que ça fait trembler... et vous avez le courage de lui dire ça , vous ?

DUO.

Non , non , je ne vous aime plus.

SUZANNE.

Mais voulais-je offenser madame?

AMBROISE.

Rien , plus rien pour vous dans mon ame :

SUZANNE.

Les gens doivent être entendus
Avant qu'au hasard on les blâme.

A M B R O I S E.

Tous ces discours sont superflus ,
Rien , plus rien pour vous dans mon ame.
Jamais vous ne serez ma femme ,
Non , non , je ne vous aime plus.

S U Z A N N E,

Je n'ai point de malice ,
Je suis sans artifice...
J'ai mal parlé... J'ai bien mal dit...
Voyez mes pleurs et ma douleur :
C'est la faute de mon esprit ,
Ce n'est pas celle de mon cœur.
Ambroise , Ambroise , écoutez-moi ,
Pardonnez-moi.

A M B R O I S E.

Non , laissez-moi ,
Je t'aimais , ... je n'aimais que toi...
Rien , plus rien pour vous dans mon ame....
Tous vos efforts sont superflus ,
Jamais vous ne serez ma femme...
Non , non , je ne vous aime plus.

S U Z A N N E.

Quoi ! plus rien pour moi dans son ame...
Tous mes efforts sont superflus...
Il ne me veut plus pour sa femme ,
Hélas ! son cœur ne m'aime plus.

S C E N E X.

L ES P R É C É D E N S , Mad. DE VARONNE.

S U Z A N N E , *courant à madame de Varonne.*

Madame , je suis perdue.

Mad. D E V A R O N N E.

Et comment donc, Suzanne ?

S U Z A N N E.

Je suis au désespoir , madame , et si vous ne me pardonnez
pas , s'est fait de moi...

Mad. DE VARONNE.

Mais vous ne m'avez point offensée.

SUZANNE.

Eh ! mon dieu, non, je le sais bien ; mais ça ne fait rien : pardonnez-moi toujours quand ce ne serait que pour faire voir à ce bourru-là que vous n'avez pas un aussi mauvais esprit que lui...

Mad. DE VARONNE.

Quoi, c'est Ambroise ? et de quoi vous accuse-t-il ?

SUZANNE.

Il dit que je vous ai dit... et que sais-je moi tout ce qu'il dit... mais ce qu'il y a de sûr, c'est qu'il ne veut plus de moi pour sa femme ; c'est qu'il ne m'aime plus... que moi je l'aime toujours, et que ça me met si fort en colère, que je m'en irais au bout du monde si je pouvais me résoudre à ne plus le voir.

Mad. DE VARONNE.

Sur quoi est donc venue votre dispute ?

SUZANNE.

C'est à cause de ces maudits anneaux... les voilà, et j'aimerais mieux mourir que de les vendre... Il était là, caché comme un espion, il a tout entendu... et il dit que je suis méchante...

AMBROISE, *demi-bas*.

Taisez-vous, taisez-vous ; je ne l'ai pas pensé...

SUZANNE.

Que j'ai un mauvais cœur, une âme dure... pas vrai, madame, qu'il n'en est rien ?

AMBROISE.

Ne pleurez pas, Suzanne.

SUZANNE.

Il prétend que je vous ai reproché...

AMBROISE.

Paix donc, paix donc, le remède est pire que le mal.

SUZANNE.

Vous m'aimez toujours bien, n'est-ce pas, madame...

Mad. DE VARONNE.

De tout mon cœur.

SÜZANNT.

S'il ne m'épouse pas, il aura tort, pas vrai?

Mad. DE VARONNE.

Assurément.

SUZANNE.

Eh bien ! à présent, monsieur...

(*Elle apperçoit Ambroise à genoux derrière elle.*)

Madame, il n'est plus fâché... mon Ambroise, mon petit Ambroise... levez-vous, mon ami, et avec la permission de madame, embrassez-moi, faisons la paix... Mon dieu que je suis contente que nous soyons raccomodés...

Mad. DE VARONNE.

Vous êtes deux enfans... Mais, Ambroise, vous avez oublié François ?

AMBROISE.

Oh ! il déjeûnera tout seul... et vous garderez vos anneaux... Le vin me ferait mal aujourd'hui, je le sens..... N'y a-t-il pas quelqu'un à la porte de la boutique?..... Eh ! c'est ce coquin de Simon.

Mad. DE VARONNE.

Ah ! mon ami, ne lui dites point d'injures ,... vous l'irriterez, et j'en souffrirais...

AMBROISE.

Je m'en vais le caresser.

SCENE XI.

LES PRÉCÉDENS, SIMON.

AMBROISE.

Eh ! bon jour, mon cher M. Simon, soyez le bien venu... Que je vous embrasse... (*à part.*) Il faut bien que ce soit elle pour que j'embrasse un coquin comme ça.

SIMON.

J'ai bien l'honneur de vous saluer, madame...

Mad. DE VARONNE.

Asseyez-vous, M. Simon.

SUZANNE.

Si nous avions un fauteuil , nous vous l'offririons...

AMBROISE, *époussetant la chaise avec son bonnet.*

Au moins le siège est propre.

SIMON.

Ne vous dérangez pas, je vous en prie... Je viens seulement savoir des nouvelles de votre chère santé.

Mad. DE VARONNE.

Ah ! M. Simon... quand on a des peines...

SIMON.

Des peines ! hélas ! qui n'en a pas... la vie est semée de tribulations...

Mad. DE VARONNE.

Pour vous, monsieur, vous paraissez bien portant.

SIMON.

Oui, grace au ciel, madame,... je suis encore assez frais et dispos,... Dieu le veut et je me résigne.

AMBROISE, *à part.*

L'hypocrite !

SIMON.

Je viens en même temps vous rappeler une certaine lettre de change.

Mad. DE VARONNE.

Eh ! M. Simon, je suis hors d'état d'y faire honneur.... Vous connaissez ma position, et Ambroise que vous avez rencontré ce matin a du vous dire...

AMBROISE.

Oui, j'ai dis à monsieur tout ce qu'on pouvait dire à un honnête homme,... il a eu l'air de ne pas m'entendre... je lui ai parlé comme à un fripon, et je crois qu'il m'a compris.

SIMON.

Ah ! madame, vous avez là un véritable trésor, la perle des domestiques...

Mad. DE VARONNE.

Ambroise est mon ami, monsieur, ma fortune ne me permet plus d'avoir personne pour me servir.

SIMON.

Il m'a dit que vous n'aviez point d'argent, mais vous savez que la lettre est protestée ; j'ai dû me mettre en règle.

Mad. DE VARONNE.

Vous aurez pitié de moi, monsieur,... ma situation vous
touchera, vous ne voudrez pas réduire au désespoir une mal-
heureuse femme que l'infortune accable de tous côtés.

SIMON.

Vous avez bien jugé mes sentimens, madame ; et certainement si c'était mon bien, je ne vous tourmenterais pas comme
je le fais... mais c'est le bien des pauvres...

AMBROISE.

Qu'est-ce que vous dites donc vous avec le bien des pauvres ? c'est leur bien que vous avez prêté à madame ? les cent
écus que vous lui faites payer cent pistoles appartiennent aux
pauvres ?

SIMON.

Le principal est à moi, mon cher ami,... c'est une portion de la petite fortune que Dieu m'a permis d'amasser.....
mais l'intérêt en appartient aux infortunés ; ... la charité m'a
depuis plus de vingt ans, inspiré de prêter mon argent au
plus fort intérêt possible, et de verser aux mains des pauvres l'honnête bénéfice que me procure ce petit commerce.

AMBROISE.

Voilà un grand scélérat...

Mad. DE VARONNE.

Ma liberté, ma vie, les bienfaits d'Ambroise, et votre
compassion, monsieur, voilà tout ce qui me reste.

SIMON.

Vous m'arrachez le cœur... Ah ! madame, qu'on est malheureux de naître trop sensible... Mais comme je vous l'ai dit,
la lettre est protestée...

Mad. DE VARONNE.

Ah ! vous n'userez pas de rigueur...

SIMON.

Adieu... madame...votre situation me pénètre, et je vais...

(*Les Recors entrent.*)

Mad. DE VARONNE.

Juste ciel.

SCENE XII.

LES PRÉCÉDENS, QUATRE RECORS.

Morceau d'Ensemble.

SIMON.

Saisissez, voilà la personne...
C'est elle qu'il faut arrêter.

Mad. DE VARONNE.

Vous venez, quoi, tout m'abandonne...

SIMON.

Combien faut-il le répéter?

AMBROISE.

N'ayez pas peur, rien ne m'étonne.

SUZANNE.

Je n'en puis plus... ah! je frissonne.

LES RECORS.

Venez, la justice l'ordonne.

Mad. DE VARONNE.

Ah! c'est l'arrêt de mon trépas.

AMBROISE et SUZANNE.

Non, vous ne l'entraînerez pas;
Hommes pervers, vils scélérats...

Mad. DE VARONNE.

Ayez pitié de ma misère.

LES RECORS.

La force est ici nécessaire.

SIMON.

Le ciel voit ma douleur amère,
Mais ce bien ne m'appartient pas.

LES RECORS.

Venez, la justice l'ordonne.

AMBROISE.

Eh quoi! la force m'abandonne,
Ma faiblesse trahit mon bras.

Mad. DE VARONNE.

Ah! c'est l'arrêt de mon trépas.

SUZANNE.

Non, vous ne l'entraînerez pas.

SCENE XIII.

LES PRÉCÉDENS, FRANÇOIS.

FRANÇOIS.

Quel bruit entends-je, et quels éclats?

AMBROISE.

Cet homme affreux, ces scélérats...

SUZANNE.

On veut enlever ma maîtresse.

Mad. DE VARONNE.

Ayez pitié, monsieur Simon,
Voyez mes pleurs et ma détresse.

AMBROISE et SUZANNE.

On veut la conduire en prison.

FRANÇOIS.

En prison,
Et c'est ce coquin de Simon;
Attends-moi, scélérat infâme,
Attends-moi, je vais t'arranger.

SIMON.

Dépêchez, saisissez madame.

FRANÇOIS.

D'ici voulez-vous déloger?

LES RECORS.

Ce n'est pas un homme,
C'est un démon.

Mad. DE VARONNE.

Monsieur Simon, monsieur Simon.

FRANÇOIS.

Décampez, ou je vous assomme.

AMBROISE.

Un baton, un baton.

SUZANNE.

Frappez, ferme, bon, bon.

FRANÇOIS, à part.

Je vais les effrayer, j'espère:

Ambroise.   E

Ambroise , app lle ma maison,
Ambroise , appe lle me maison,
Qui tu voudras , le premier nom...
A moi Guillot , Henri , Lapierre,
A moi Gros-Jean , Denis , André.

LES RECORS.

Un renfort serait nécessaire ,
Notre sort n'est point assuré.

SIMON.

Quoi ! vous fuyez ?

LES RECORS.

C'est le plus sage.
Plions bagage , plions bagage.

AMBROISE et FRANÇOIS.

Craignez ma rage ,
Craignez ma rage.

Mad. DE VARONNE.

O ciel ! détourne cet orage.

SUZANNE.

Courage , Ambroise , du courage.

LES RECORS et SIMON.

C'est un démon , c'est un démon ,
Non , non , non ,
Ce n'est pas un homme.

Mad. DE VARONNE.

Ah ! l'état affreux où nous sommes,
De pitié doit toucher des hommes,
Mon malheur trouble ma raison.

AMBROISE et FRANÇOIS.

Fuyez , ou bien je vous assomme ,
Vuidez pour jamais la maison.

LES RECORS et SIMON.

Fuyons , fuyons , c'est un démon.

FRANÇOIS.

Ils sont partis... rassurez-vous...

ENSEMBLE.

Ami , la victoire est à nous.

FRANÇOIS.

Les ennemis sont en fuite, et le champ de bataille nous
est resté.

Mad. DE VARONNE.

Je succombe...

SUZANNE.

Ah ! je n'ai pas une goutte de sang dans les veines.

AMBROISE.

Madame, . . . ma bonne, ma chère maîtresse, revenez à
vous, . . . ils ne sont plus ici. . .

FRANÇOIS.

Ma foi, sans ma maison, sans mes gens, sans messieurs
Henry, Lapierre, André, Guillot et Gros-Jean, qui nous
ont parfaitement secondé, c'était fait de nous, . . . l'armée
ennemie avait le dessus.

Mad. DE VARONNE.

Mais que vais-je devenir ?... l'orage est encore sur ma
tête... Je suis perdue, mes amis, je suis perdue...

AMBROISE.

Il faut fuir... Il faut aller...

Mad. DE VARONNE.

Où, grand dieu ? et comment ? Qui voudra me donner un
asyle ? si je m'éloigne, où trouver un Ambroise, un bienfaiteur, un père ? Qui dans l'univers aura pitié de moi ?...

FRANÇOIS.

Point de désespoir, du courage... Ecoutez-moi. J'ai, à
deux lieues d'ici, une parente un peu aisée, bonne femme,
et qui me ressemble par le caractère ; cette nuit nous pren-
drons le chemin de sa demeure... d'ici là, et pour vous cacher, je vais vous conduire...

SCENE XIV.

LES PRÉCÉDENS, LE PARTICULIER, LE MÉDECIN.

LE PARTICULIER.

Ma visite vous étonne sans doute, madame, mais un intérêt puissant me conduit auprès de vous. Je viens essuyer vos
larmes et réparer les maux qu'on vous a fait souffrir.

Mad. DE VARONNE.

Mais, monsieur, expliquez-vous, je vous le demande en
grace, qui êtes-vous?

LE PARTICULIER.

Quand vous me connaîtrez... Ah ! madame, je tremble...

LE MÉDECIN.

Du courage, mon ami.

LE PARTICULIER.

Vous allez me haïr !...

Mad. DE VARONNE.

Vous haïr ! moi, monsieur, ... et pourquoi ?

LE PARTICULIER.

Regardez ces papiers.

(*Il remet à madame de Varonne un paquet de lettres déca-
chetées.*)

Mad. DE VARONNE, *avec la plus grande surprise.*

Les lettres que j'écrivais à mon frère !

LE PARTICULIER, *se jetant à ses pieds.*

Et vous voyez son fils, son unique héritier... Son fils
qui vous demande grace pour lui-même, et pour la mémoire
d'un père qui, sans doute, fut coupable envers vous, mais
dont il ne lui appartient pas de juger la conduite.

Mad. DE VARONNE.

Mon frère fut sans pitié, mais je me plais à le croire,
vous n'avez point partagé sa rigueur.... Votre âge n'est pas
celui où l'on ferme son cœur aux cris de l'infortune, aux
prières du malheureux, au spectale touchant qu'offre l'humanité souffrante. ... J'oublie tous les torts de mon frère,
et ne vois ici qu'un parent, qu'un neveu qui paraît compâ-
tir à ma peine.

LE PARTICULIER.

Et qui veut, s'il est possible, en effacer jusqu'au souvenir.
(*il lui présente un porte-feuille.*) Souffrez que cette faible
portion de ma fortune m'acquitte envers vous d'une dette...

Mad. DE VARONNE.

Vous ne me devez rien...

LE PARTICULIER.

Je dois tout à l'humanité.

Mad. DEVARONNE.

Mais quels droits puis-je avoir ?

LE PARTICULIER.

Les plus sacrés... Ceux du malheur, ceux de la vertu si long-temps éprouvée, ceux du sang qui coule dans mes veines, tous ceux enfin que je me plais à reconnaître en vous... Ne me refusez pas... Il y va du bonheur de ma vie... Cette fortune immense, ces richesses dont je me vois possesseur, épurez-en la source en les partageant avec moi... Votre frère eut des torts, ils pèsent sur mon cœur... Ne me punissez pas des fautes que je n'ai point commises, et pardonnez à mon père en devenant l'amie, le guide, l'exemple de son fils.

Mad. DEVARONNE.

Oui, je serai son amie, oui, j'accepte ses bienfaits... Ils m'honorent, loin de me dégrader... Vos sentimens sont les miens : vous à ma place, moi à la vôtre, j'aurais faits, mon ami, ce qu'aujourd'hui vous faites, et mon orgueil ne peut souffrir d'un sacrifice que j'aurais exigé du vôtre... mon frère est pardonné, mes larmes en assurent son fils.

LE PARTICULIER.

C'est à présent que je suis parfaitement heureux.

FRANÇOIS.

Et moi aussi... (*à Ambroise.*) Camarade, voilà une maison qui va se remonter, je me recommande à toi.

LE MÉDECIN, *à madame de Varonne.*

Je vous avais bien dit que vous aviez des amis plus que vous ne pensiez.

Mad. DEVARONNE.

Comment jamais m'acquitter envers vous ?

LE MÉDECIN.

Portez-vous toujours bien, soyez heureuse, et aimez-moi un peu, je suis récompensé !...

Mad. DE VARONNE, *donnant la main au Docteur, et se retournant verss on neveu.*

Vous à qui je dois tant... vous ignorez tout le bien que vous faites, vous ne savez pas de quel poids vous soulagez mon cœur . . . . Grace à vous, je puis à mon tour être utile à mon meilleur ami, à celui qui seul ne m'abandonna pas au sein de l'infortune, à celui dont la main essuya mes larmes, dont la compassion adoucit mes malheurs, au mortel généreux qui sacrifia le fruit de ses travaux, et le soin de sa propre existence au soutien d'une vie que je perdais sans lui.... Regardez Ambroise, voyez mon bienfaiteur.

AMBROISE, *à Suzanne qui le retient.*

Laissez-moi donc m'en aller...

FRANÇOIS.

Veux-tu bien rester... nous avons du plaisir à te voir.

LE PARTICULIER.

Je le connais... je sais tout... Mon Ambroise, non, vous ne vous éloignerez pas,... quand on sait faire le bien, il faut savoir accepter le tribut de la reconnaissance.

AMBROISE.

Est-ce qu'on m'en doit? est-ce que j'ai fait plus que mon devoir? Si ma bonne maîtresse est contente de son Ambroise, à présent que la voilà riche et heureuse, elle le reprendra à son service : Ambroise tâchera de se corriger de sa brusquerie, de ses défauts : Ambroise donnera, s'il le faut, sa vie pour madame de Varonne,... et Ambroise sera heureux.

FRANÇOIS.

Voilà une conduite qui t'assure à jamais mon estime.

Mad. DE VARONNE ET LE PARTICULIER.

Ambroise est notre égal, notre ami, notre plus tendre ami...

LE PARTICULIER.

Il partagera notre sort... Vous ferez tout pour lui...

Mad. DE VARONNE.

Vous le permettez ?

LE PARTICULIER.

Je l'exige...

Mad. DE VARONNE

Mon bonheur est parfait... ainsi mon cher Ambroise nous ne nous quitterons jamais..... vous êtes mon ami, ma fortune est à vous.... point de remercîmens, vous me les avez interdits : oui, j'ai mon tour, Ambroise, et voilà ma Journée.

AMBROISE.

Je n'en ferai point . . . . car mon pauvre cœur . . . . il est si

plein.... que je ne saurais parler... touche-là ma Suzanne... je ne serai pas heureux tout seul, c'est-là ce qui me
fait plaisir.

SUZANNE.

Comment Ambroise, est-ce qu'à présent que vous avez fait
fortune, vous voulez bien encore ?...

AMBROISE.

Est-ce que si vous étiez riche, et que je fusse pauvre, vous
ne m'épouseriez pas ?

SUZANNE.

Oh ! mon dieu si... et plutôt dix fois qu'une.

AMBROISE.

A la bonne heure.

SUZANNE.

Eh bien ! à présent viennent les petits gaillards, nous
avons de quoi les recevoir.

CHOEUR.

Bannissons la plainte importune ,
Le ciel a rempli nos désirs,
Nous fixons enfin la fortune :
Livrons nos cœurs aux doux plaisirs
Tendres amans , amis fidèles ,
Oublions que le temps ,
Que le temps a des ailes :
Pour en jouir,
Enchaînons-le par le plaisir.

FIN.